이브의 눈물

천봉 이성두 시집

자 서

지난 2018년 10월 17일에 아내가 내 눈 앞에서 거품을 내 뱉으며 갑자기 쓰러졌다. 응급실에 도착하니 뇌출혈이었다. 그날 밤 뇌수술을 하고 중환자실에서 20여 일간 생사조차 불확실 했던 시간. "제발, 제발 살아 있게만 해 주세요" 라는 간절한 소리로 하나님께 기도 했다. 내가 할 수 있는 최선의 일은 오로지 그것, 기도뿐이었던 것이다. 그 후 1년 9개월 동안 재활병원에서 아내를 직접 간병해 오면서 슬픔과 고통과 기쁨들을 기록하기 시작한 것이 내 시의 근원이 된 것이다. 결국 아내는 내 시의 뿌리이고 생명이라 할 수 있을 것이다. 지나보니 아픔과 슬픔은 누구에게나 다가올 수 있는 그저 평범한 일상일 뿐이란 것을 깨닫게 된 것이다.

누구에게라도 아픔이 있다면 곧 그것은 상황이 좋아지려는 시그널일 수 있다고... 슬픔이 있다는 것은 곧 기쁨의 감동이 일어나기 시작 되고 있다는 것을 예감해도 된다고 말하고 싶은 것이다. 확연히 믿음만큼만 잡고 있어도 반드시 기쁜 날이 다가온다는 것을 누구에게 라도 말해 주고 싶은 것이다.

아스라이 사라져 가는 기억의 저편 어느 날 방황 해 보기도 하고 기뻐하기도 했던 순간들도 있었다. 문득 그 방황의 근원을 시로 포장 하면서 살아 보기로 했지만, 어찌 시로써 인생의 그 답을 얻으려 했을까. 다만 다각적인 삶을 한번 다른 모습으로 표현해 볼 수 있다면 괜찮은 일이지 않을까하는 마음으로 첫 시집을 내기로 결정한 것이다.

되돌아보면 지난 삶에 많은 문제가 있었고 후회 또한 많았던 것 같다. 그에 따른 아픔과 슬픔들은 언제나 기쁨 보다는 훨씬 더 큰 자리를 했었던 것 같다. 비록 고민과 슬픔과 고통이 있을지라도 반드시 그것은 시간이 지나면 상황이 변하게 된다는 것을 믿는다. 각자의 그 고민과 슬픔과 고통은 또 다른 형태의 에너지로 바뀌어 질 수 있다는 것을 잊지 말아야한다. 난, 오늘에야 자유롭게 그저 내 일상의 이야기를 마음 편히 주절주절 거리면서 시라는 포장을 해보기로 과감하게 결정 한 것이다.

그 동안 어려울 때 마다 인생의 이정표를 제시해 주신 안동 한실 마을의 김연대 시인님과 내 잠자던 꿈을 일깨워 준 광주의 풍원장 진규 시인님, 청주의 심원이향숙 시인님, 홍성의 박철한 시인님 그리고 문단으로 이끌어 주신 현대시선문학사 윤기영 대표님에게도 진심으로 감사를 드립니다. 끝으로 첫 시집을 내게 된 기쁨을 지금도 재활중인 사랑하는 아내 양기영, 딸 은아, 은정, 하영, 인순이와 둘째사위 이재욱 그리고 외손 서윤이, 서준이와 함께 하며 이 모든 영광을 하나님께 바칩니다.

2020년 11월 말
코리아타운 거실에서

차 례

자 서

1. 봄날 시름에 담다

2. 몸부림의 시간 속에서

3. 날마다 번민

4. 사라진 고향

1.
봄날 시름에 담다

봄날의 유감遺憾

눈부심조차 반가운 햇살에
움츠렸던 몸일랑 녹아내리듯 편안한 날
햇살사이 앉은 홀로된 마음
마냥 처량淒凉에 젖어 들다가

꽃으로 숲으로 뛰어 다니며
제 얼굴 거울 보듯 꽃에 빠져
봄에 취한 듯 아른 거리기만 하여도
빈 마음이사 사위어만 가더라

하여도, 하여도 봄은
진달래고 매화요 목련이고 벚꽃이려니
아! 모두의 청춘도 그러하듯
그대 봄날도 하염없이 가고
진달래도 매화도 목련도 벚꽃마저도 지고

사랑아. 사랑아!
어디쯤 있을 내 사랑아
가는 이 따사로운 봄날 고삐라도 있어

그 고삐라도 잡고 있어주련

어쩌다 그 세월
함께라도 할 시간 접어 두기라도 할까
어쩌다 그 세월
티끌만큼 더뎌지게라도 할까
행여

그리움

봄날, 아련한 첫사랑의 그리움
바람에 일렁이듯
밤새 나뭇가지 사이로 맴돌더니만
비틀고 비튼 몸부림 가지마다 포슬포슬 푸르다

얼른얼른 거리다 살랑살랑
반가워 손 흔드는 듯
실가지마다 가냘픈 모습
어찌 첫사랑 그녀 같기만 한지

따스한 봄날, 아련한 첫사랑 그리움
바람에 일렁이듯 살포시 다가와
품속 포근히 녹아내리듯
안겨주면 좋으련만

행여 내 초로焦勞한 모습 들킬세라
외진 양짓녘 숨겨둔 채 그대 훔쳐보고픈 마음
마냥 살랑 이는 하늘을 바라보니
울컥 젖어드는 그리움

또 봄

아지랑이 몸부림 있어라
봄 추억 덩달아 산들 거려라
때 마다 움츠렸던 가슴
제 스스로 열리고 열려

아지랑이 따라 마음 흔들리면
날마다 때마다 들뜬 아우성이리
세월 흐른 어느 날인들
투영透映된 햇살 있어라

마음엔 온통 미소와 웃음뿐이고
흥얼거리는 사랑에 추억은 켜켜이 쌓여
조잘조잘 인생의 골골마다 지남을 오가건만
졌다가 더 피어나 한없이 자라기만

끝없는 반복의 연속이 계절이라
우린 또 거기 꼼지락 거리고
햇살에 녹아내리던 그 겨울날 같이
봄날은 자란만큼 제 홀로 저만치 가네

복기復棋

봄, 기지개, 꽃, 향기, 어울림
한걸음 뗄 적마다 눈에 띄는……
이름조차 알지 못 하네
아파트 입구 작은 정원의 꽃인들
내겐 그저, 그저 일 뿐이기만
그리도 살기 바쁜 내게
꽃은 사치쯤이나

눈 익은 개나리, 진달래, 벚꽃, 매화, 목련...
꽃이야 알아보지만
저마다 바쁜 듯 빨리도 져 버리기도 하니
마냥 관심 갖기 싫었던 것인지도

하루 팍팍한 삶이 이리도 바쁘니
볼 겨를이 없었던 것이더냐
관심이 없었던 것이더냐

향기에 취하고 이름에 끌리고 유래를 알고
꽃말을 외우기에는 아직

삶의 여유가 없었다는 것이더냐
할 말이 없는 것이더냐

마냥 바삐 살았다 변명해 봐도
아직도 두 손은 텅 비어 있고
흑흑, 마음마저 비어만 있으니

세월 유감遺憾

며칠 전만 해도
요란스러울 정도로
벚꽃이 가득 하드만
언제 그 꽃잎 다 사라지고
푸르른 잎만 남았네

우리 또한
열정도 잃은 채 향기마저 잃은 채
익어 가고 있고
벚꽃 찾아 모여든
흰옷 붉은 옷, 푸른 옷, 형형색색, 와자지껄……
소슬바람 부는 날
청소하는 번거로움에
고개 숙인 아저씨

모두 입을 닫았다
벚꽃도, 아저씨도, 나도, 너도 그대들도
애꿎은 세월
철없이 세월만 가누나

회상

보고도 못 본체
볼 겨를조차 없었던 건지
외로움보다 그리움으로
가득 찬 몸부림 앞에

이 봄날
화려한 자태 드러낸 너
왕 벚꽃나무
비로소 오늘에서야
내게 보였다

나, 오늘
잊을 뻔한 그 자옥한
35년의 그리움에 물들다

녹수綠樹의 유혹

한 계절 차가움에 견디어 겨우내
참고 참아 온 시간
기지개 한번 있지도 못하고
사뭇 떨어져 나간 몸 일지라도

어느새 그 푸른 몸부림으로
사뭇 살랑살랑 거리건만
호기심 많은 춘풍
허락되지 못한 어딘들 다 간지럽힐 제

바람 취한 녹수,
풋풋한 내 가슴속 어린 소녀가 되어
손 흔들어 웃는 듯 살랑거리는 날

누구인들
춘풍에 안 흔들리랴 녹수에 안 빠질까
언뜻 추억마저도 멍해지는데
시간의 꼬리는 마냥 흔들리기만 하네

이 햇살 좋은 날
녹수의 유혹에 푹 빠지나니
짐짓 질투만큼 춘풍 고개만 갸우뚱
본 듯, 못 본 듯

녹수는 지난시절 까맣게 잊은 듯
묵묵히 몸만 살랑이며
오월을 기다리네

서인庶人

바람꽃, 유홍초, 설연화, 해오라기, 비난초……
처음 보고 처음 들어본 이름들,
또 시간 흐르면 까마득히
잊어버리고 마는 이름들, 이름들

돌아볼 겨를조차 없이
본 듯 스쳐 가버린 무관심의 그 팍팍함 속에
그저 꽃향기 맡을 여유조차 포기해야 한 시절이
참 우매한 건지 멍청한 건지

아직도 들어 잊어버리는 그 이름들
기억은 이미 망각 속으로 피해 버리고
있는 듯 아는 듯 이 현실을 벗어 날 수가 없어

기억은 총명을 총명은 지식을
지식은 여유라는 것을 훤히,
훤히 알면서도 기어이 선택 되어진 소박한 삶이라니
원래부터 그런 삶이였던가 보다
아, 우린 원래부터 그런 서인庶人이던가 보다

긍정 하나

중심이 낮아져 흐늘거렸다
참다 참으면 끝내는 편해지는데
그러다 못 일어나면
속에 갇히게 되는 거지
영원 속에 머물러 그냥 끝나는 거지
그곳은 좁다

난, 뒤척여 보면 공간이 있다
자유가 있다 얼마나 좋으랴
비록 길이는 짧아
발끝이 시려 올 지라도
얼마나 편한데

이리도 느끼고 저리의 소리도 들으면 참 좋다
그 만족감이 포만감도 되기 전에
깨고 말지만

새로 시작 되는 하나다
시작은 모두의 공평한 희망이거든

조언助言

가볼 수 있는 본가本家가 있어 좋겠습니다
함께 할 수 있는 남매가 있어 좋겠습니다
길 앞에까지 나와 반기는 아버지가 계시니
참으로 좋겠습니다

본가를 꿋꿋이 지키는 단감나무가
사랑과 정을 주렁주렁 달고
언제나 기다리고 있어
참 좋겠습니다

해마다 감 따는 운치라도 있으니
고향나무에 달린 정보다 더
단감나무에 달린 감보다 더
달콤한 게 행복감이라고 알 때쯤

세월의 뒤에 서 있는 그것이 삶이란 것을
때가 되어서야 알게 될까 염려해
마냥, 마냥…
뒤 돌아 보이는 삶에게 말해 봅니다

혼돈混沌

지난 하루 누군가의 여자는 바람이여라
많은 시간이 할애 되어도 나쁘지 않지만
심신은 초조 하고말고
긴 대화일지라도
그 남음은, 그 남음은

히나를 나누면 시람이 되여라
힘의 분배는 상대를 세운다지만
그깟 아픔이라도 있는 게
그게 어디냐 만은
그 남음은, 그 남음은

작은 물은 큰물로 흐르듯
작은 고민은 큰 아픔에 섞여짐이다
비우라고 소리치는
그런데도 작은 것으로
밤새 잠 못 이루는 거지

반날쯤 넘으면

가슴 철렁하고 마는 거지
이제 혼돈이 시작하여도
차라리 혼돈이 좋으련만
때때론 작은 것이
큰 것을 삼키기도 하여라
눈에 있고 없음에

벚 나비

바람 상큼함으로 출렁이는 날
다투어 피어나
꽃잎 훨~ 훨~ 훨~
햇살 따사롭긴 몸인지 마음인지
호숫가엔 꽃이요 사람이요 사랑입니다

아스라한 세월의 뒤안길 고요는
20번 빈차
끝점으로 치닫게 하고
바쁜 차 바람에
벚 나비 훨~ 훨~ 훨~
지난 생각은 꽃잎 속에 갇힙니다

과거와 현재의 공존된
그 사랑 가득한
호숫가 벚꽃 잎 속에 감춰진 추억들
하나하나 달려듭니다
벚 나비 되어 달려듭니다.

남도기행

일 년 육 개월 만의 들뜬 바람 되어
광주로, 나주로, 강진으로 스며들듯
하나 둘 셋 넷 헤아려 보는 날
영랑생가의 모란은
내 안의 목단이더라

다산 유배지 다산초당을 오른 그 묵은 세월에
툭툭 뛰는 소리 굴러다니고
애환의 뿌리마저 닳아
통곡하는 듯 소리 내어
헉헉이는
옛 세월의 숨결로 이어 지네

사의제의 아욱국, 막걸리 한 잔은
절로 춤추는 듯 시가 되어 찰랑이고
'엄마야 누나야 강변 살자' 시비는
저 홀로 노래하네

오! 저 산마저도 드들에 푹 젖어드니

강물은 바람타고 내 속으로 흘러들어
소리 한 소절 줄줄 맴 돌다 갑니다

탄식 같은 소리 어쩌다 닫혀버린 가슴
강물 따라 하문下文되듯 줄줄 타고 흐르는데
아! 어쩌나 닫힌 마음 허물어져 한 많은 소리
줄줄 흘러넘치고야 마는데

영웅英雄

비린내 폴폴 나는 싱그러움일 제
뜨거움 가슴안고 세상을 움켜쥐곤
꿈을 포박하던 열정이 있었습니다

어쩌다 무너진 청춘의 통곡소리와
때론 허우적거리는 순간마저도
목표를 향한 그 열정의 선지자 같은
뜨거움 휘감고
앞만 보고 뛰었습니다

한 잔 소주에 젊음을 사르고 청춘을 사르고
애타는 사랑을 배우고
이별을 배우고 그 모든…

아! 어느 날 문득 슬픔을 마시고
한을 마시고
추억이 지난 추억으로만 남게 되어도
되돌아 본 지난 세월
당신은 이 시대의 영웅英雄입니다

관심

거실에 있는 알로카시아는
종종 눈물을 흘립니다
오늘 아침에 문득 옆에 있는 금전수를
바라보다 그도 눈물을 흘리고 있어
다가 가 쳐다만 보았습니다

금전수도 울 줄 안다는 깃을
오늘에야 알았습니다.
그도 울 줄 안다는 것을
모르는 것이 아니라 못 본 것임을

안 보이고 못 보는 것은
눈이 없음이 아니라 마음이 없는 것이니
어디에 누군가 눈물 흘릴지라도
못 보고 있을 뿐이란 것을
내가 이렇듯 아프고,
울고.. 있은들
그대 누구인들

흔들리는 동행

상자嗓子의 가고 옴에
해와 해의 이야기가 흐르면
시간이 저축을 원願합니다
거리는 아니지만 깨닫기엔 가까운 곳
윤곽이 나오니 미소는 겨우 살지요

살포시 비는 오지만 찾음은 간 데가 없고
넓고 넓어도 썰렁함 가득함은
보금자리   수백 배나 되려나
컹 컹 컹 짖는 개 한 마리
요란해도 눈은 없습니다

소리야 경계하진 않아도
마주친 놈은 벽에 매달려 노려보지만
목을 빼내어 침울해
오로지 슬픔뿐 입니다

문이 없었지만 안은 어둑어둑한
열림이 있어 머릴 밀어보고 싶은

아! 상자嗓子 속으로 들어가기만,
생각은 허공인데
참말은 각인刻印만 됩니다

미진微震의 마음

작은 진동이 보임은
불혹만큼 오랜 세월의 것이기 때문입니다
고픈 배려에 욕망이 쳐 밀고 올라도
시간을 흔들어야 하는 현실이고

표정 없이 바쁜 이유는
몫이 남았기 때문입니다
알고 모르는 각각의 규칙 속에서
거역 못할 깊은 해매임이 있을 때

지난 일을 바로 잡기 위함의 시간인들
마지막 몸부림은 오랜 바람을 휘몰기만
만남이야 비켜 갔지만
느낌은 흐르는 것

머리 빗대어 지탱할 힘이 필요해도
먼 길 축지縮地로 돌아온 시간에
현상現象은
지금의 것이 옳다고만 우깁니다

생각의 관점

그 쩨쩨한 시간조차 아까워한들
시간이 어디 늘어나기라도 했을까나
괜스레 가만있는 시간을 붙잡고
시비를 건 속 좁은 자만 부끄럽다
그래봐야 겨우 며칠 툴툴 탈탈 소리로
집안 이 구석 저 구석 찝쩍거리기나 하는 시간
허허히 과거 한 여지의 일상이었던 깃을

그 삶의 업보 같은 현실에
이러쿵저러쿵 씨불랑 거리면서도
다가오는 어둠의 그림자를 막을 순 없네
하기야 그 누가 간 크게 그 앞을 가로막는단 말인가
지금인들,
다 지난시간에 서면 또,
똑같은 소릴 뇌 아리면서 눈물 흘릴 거 뻔한데

생각이 잘못이지 어찌 그것을 탓하리요.
긍게 그놈의 생각만 달리하면 될 것이지만
그 생각이란 놈이 한 놈뿐이 아니라 여러 놈이라

다 통제할 수가 없음이다
"아서라" 그냥 함께해 준 이 붙잡고 "땡큐, 땡큐"
그나마 살아 숨 쉬며 나와 대화 할 수 있는
사람 있음의 행복에 감사할지어다.
알면 알수록 기쁜 날이 광대하게 시작되노니
소리쳐 볼 지어다

"오! 브라보 마이 라이프."
"오! 브라보 마이 와이프."

치산에 가면

치산에 가면 280년 묵은 고목이 있다
치산 길 오고 간 사연 하나하나
낱낱이 기억하고 있는 고목이 있다
바람 부는 날 비오는 날
가까이 귀 기울이면 먼 이야기 하나하나
속삭여 주는 고목이 있다

연년의 껍질 벗겨내듯
보이지 않는 몸부림으로
또,
시간은 한 겹 한 겹 벗어 던지는데
오늘, 바람은 돌아앉았네

보라! 저 느티나무의 기상을.
들어라! 앙탈부리는 280년 역사의 비음소리를
차오름의 끝을 잡고 위로, 위로
더 뜨거운 곳으로 몸을 산화하고픈 그 갈증

아! 목마른 숨결이여

침묵에 든 밤을 흔들어
어둠을 더 어둡게 밝음은 더 밝게 그 장엄함

유별스레 돋보인 뭇별들이
이리저리 노 다니며
들숨가슴 쓰다듬고 서로를 포용하는 치산
치산 관광길 123에 가면
280년 묵은 고목이 있다
그리도 많은 사연 소복이 쌓여있는
삶의 소리들 가지가지 뻗쳐있는
280년 묵은 고목이 있다

눈감으면 연년 묵은 힘들이
눈물로… 소리로… 아직 들린다
눈감으면 연년 묵은 정겨운 이웃집 예기
도란도란 귓바퀴 간지럽히는 바람 먹은 소리
아직 들린다

* 치 산: 영천시 신령면에 있는 관광지

2.

몸부림의 시간 속에서

청춘 발현發顯

노인이 청년을 밀어내고
흰 것이 검은 것을 밀어내고
거부할 수 없는 발버둥이거나
거부할 수 없는 센 힘이거나
청춘을 밀어내고 젊음을 쫒아내네

주저주저 하다 직행할까나
멈칫멈칫 하다 떠내려 갈까나
어쩌다 세월에 둥둥 떠내려갈거나
어쩌다 세인世人에 각인이라도 될까나

귀밑머리 희끗거림에 여유라도 남은 양
변절 되어가는 세속꺼리에 올라탄 세대여
안위 할 수 없는 좋은 날 사정없이
주변 정리질 이라도 해 보는 게 어떨까나
시원한 가위질로 거울 한번 들여다보니

그냥 몇몇 년이 되 돌아서
거울 속에서 희죽거리고 있으려니

여자이거나 남자이거나
잦은 날 만큼이나 부지런을 떨어 볼 일이네

지금 청춘이어도
빛이 움직이는 쪽으로
빛보다 빠른 속도로 달릴 수야 없으니……

회한悔恨

소리 벗은 바람 한줌에
가냘프게 흔들리는 잎새
미미한 흔들림 조차의 눈물

누군들 흘려버린 눈물 같은 빗물
누군가 흘려버린 빗물 같은 눈물
그 마지막 한 방울이 떨며 울고
지난 그 떨림이 한 떨림을 업고 업어서야
다 씻은 듯 지나가 버렸건만

끝나지 않은 어제도 오늘도
유유히 삼켜 흐르고만
삼키어진 슬픔에
누군들 울지 않을 이 어디 있으랴만

둥둥 떠 있는 안타까움이야
하나, 둘 흐르고
아니 흔들리고 아니 떨리고
흔들거림의 안타까움 떨릴 때마다

떨림의 그 영롱함이 담길 때마다

보석처럼 찬란한 눈부심으로
때론,
아무런 두려움 없이
마냥 맑고 청명하기만 하니
오로지 아름다움이라 하더라.

인생낙수人生落水

황홀의 꼭지에서
추락하려는 저 순간만이 아름답고 만
어쩌나,
어쩌나…

순간의 영광이 머무는 듯 착각 하노니
떨다, 떨다가 떨어져 버린 그 진실
겨우 아파해야 할까만

둥둥 떠내려 간 그,
그 서러움은 어쩌란 말인가
그 긴 슬픔의 끝을 어이 감당한단 말인가

아서라.
떠내려간 그리움 한 방울이
차라리 편함이려니

그냥, 그냥 삶이 그런 것이려니
그냥그냥 인생이 그런 것이려니

변화

사랑을 가까이 하려 하면
사랑은 저만치 가고 없고
글을 읽으려 하면
봄날 아지랑이처럼 사라지고

그 글,
쓰고자 주물쭈물 기리노라면
힘없이 고물고물 도망가 버리고 마네

아직 가 봐야 할 길이 그리 많을 진데
퍼드러지는 몸 감당할 길 없으니
홀로 남은 여름날
체신머리 하나 없기만 하구나

어허, 참 세월이 어디쯤이건데
글조차 제 홀로
걸음걸음 걸어 황혼으로 치 닿으려 하는 고

언뜻 무료한 하품 한 번에 귀밑머리 희어지고

짐짓 흐르는 눈물은 지난 세월 속으로
총총 흘러 가 버리고

낭만이 흐르고 문학이 흐르고
사랑이 흐르고 재물이 흐르고
명예가 흐르고 눈물이 흐르고

그래도
아직 흐름이 남는 건 여유가 있다는
아직 흐름이 남은 건 시간이 있다는

변명

잠에서 깬 건지 의식에서 깨어난 건지
눈은 뜨였다
어둔 밤 달빛그림자에 일렁이던 그날 밤이거나
아님 살포시 자는체하며 실눈 뜨고 비오는 밤을
훔쳐보다 잠든 그 밤이거나

연유緣由는 똑같다
현상現象이었을 거다
자갈치 시장 퍼덕이는 물고기처럼 싱싱함
그 퍼덕거리는 생동감이 밀물처럼 밀려들어 온 거다

달 때문이라고 가르쳐 봐도
달은 보이지 않는다
혹, 나 몰래 흔적만 남기고 떠난 비 때문이라고
아무튼 내리다 만 그 밤부터 달은 보이지 않았다
종일 감춰 진거지
굳이 비는 그쳤다 해도 우길 일이다
분명 비 때문이다
분명 달 때문이다

시간의 간극間隙

눈 뜨면 보이는 것과
눈 감으면 보이는 것의 사이에
그나마 시간만 있으려니

밤마다 깊은 꿈 하나에
인생 일 막 더 얻었노라고
애살스런 가슴 설레기만

아… 이 막막한 설렘
잠 못 이뤄하는 하얀 밤도
뜬눈인 듯 슬쩍 스친 꿈이라도

미미한 바람 스친 꿈에 달아나고
까치울음소리 내 스친 꿈에 취해
여명의 시간마저 늘어난 듯

여명의 시간조차 여유의 행복 되고
설렘의 시간조차 시간의 간극間隙 되어라

그 같은 사랑

보이지도 않는 놈이 요란하기는
날 더듬고 있다

한두 놈이 아니다
이 깊은 밤 고요를 베고 있다

대담한 놈이다
난, 참을 수 없어 기어이
분노를 절제할 위인은 못 된다

허공을 때려봤다
나를 때려도 봤다
행위는 부질없는 일

나를 더는 학대할 수 없다
눈을 부릅떴다
그만큼 먹어버린 세월이면
평안할 줄 알았는데

또, 시간은 능선을 넘고
새벽 긴급 차 그놈 같다

깊은 시간 저처럼 달려드는
어디 없을까 영원히 사그라지지 않는
저 뜨거운 열정
저 끝없는 사랑

멍한 행복

같은 말이어도 알아들을 수가 없고
이리저리 아무리 눈 돌려봐도
도무지 이해할 수 없는 글
때론 쥐어짜는 듯

그 애틋함으로 얻어진
한 줄의 감탄도 있었지만
때론 자신도 모르게 툭 튀어 나오거나
자신도 모르고 뱉어내는
언어도 있었지만

어쩌다
그 얄팍한 생각 없는 한마디에
스스로 소스라치게 놀라기도 했지만
결국, 다가가면 도망가고
또 다가가도 다시 도망가 버리고 마는
이 기억의 상념들

살며 살아오며 살았던 행로의

슬픔과 미움마저 잊어버리니

그 얼마나 편안한지

그리움과 아픔마저도 잊어버리니

그 얼마나 편안한지

다만 사랑만이라도 기억하게 되면

그게 행복한 순간인 것이지

그게 행복한 것이고말고.

불굴不屈

이놈들이,
이놈들이……
병원에만 있을 줄 알았건만
어이 예까지 따라 왔을까
이놈들이 폭격하듯 달려들 때엔
죽기를 각오한 게 확실하다
도데체가 겁이 없다
죽기를 불사하는 건 예사니 말이다
내 아직 저리도 단호한 놈들은 첨 봤다
내 일찍이 저놈들을 배웠어야 했는데 말이다

나보다는 확실히 전술이 뛰어난 놈들이다
그 많은 놈들이 어떻게 위장을 했던지
도무지 쌍안경을 들이대도 보이질 않았다
아니 없다 없어
그런 평안의 순간에 맘 편히 쉬면
어느새 당하고 만다
가까이 접근해 올 때까지는
소리 없이 다가온다

언제 어느새 다가오는지 알 수가 없다
암만 전방을 주시해도 뵈질 않는다 그러니 기척이 없지
주시하다가 하다가 지쳐 늘어지는 순간,
공습의 소리가 귓가에 울린다

앵~~~ 이런 놈의 은폐?
기가 막힌다 완벽하게 날 속였다
내 결사의 작전으로 구석구석 뒤지는 수색작전에
모두다 오합지졸 마냥 도망간 줄 알았는데
어디서 위장, 숨어 있다가
죽기를 불사하고 나타나다니

저 불굴의 의지를 배워야 하고 말고다
이 밤, 확실히 나보다 강하다
나보다 의지가 강하고 말고다
저 의지를 꺾지 못할 바
차라리 배우고야 말아야한다
그래 물어라 물어
그래 뜯어라 뜯어

마지막 배려

밤새 상처 입은 육신을
참호 속에서 빼족이 머리밀고 나오듯 일어날 때
죽기를 각오하고 달려든 가미카제 같은 폭격으로
몇몇 곳의 진지가 상처를 입었단 것을 정교히 확인하지만

그나마 날이 밝아 휴전상태가 된 06시30분,
나의 전우를 살그머니 조심스럽게 흔들어
간밤 적기의 공격에 생사에 문제가 없는지
큰 피해 없는지 확인하는 순간

어디서 날이 다 밝은 이 시간에
무슨 연유로 채 떠나지 못하고
달아나고 있는 패잔병 같은 적기가
나의 레이다에 포착 되었기에
육탄으로 공격했지만 놈은 빠르고 재빨랐다
순간 시야에서 보였다 사라지고
언뜻 보이고 또 사라지고

공격, 공격을 바삐 해 댔다

조급한 나머지 그놈은 유리창을 치고 나가기를
필사의 특공대 가미카제 같았다
"아서라 말자. 여기서 끝내자. 그만..."
처절하게도 살기조차 가미카제처럼 발악해 대는데
내 어찌 도망가는 뒷모습까지 쫓아 저를 치리
제 놈들도 간밤엔 비록 적 이였지만
뒷걸음질 하는 그 초라한 모습을
내 어이 더 이상 잔인할 수 있겠는가

비록 오늘밤 다시 공격해 올지라도
그들도 기다리는 가족이 있을 터
퇴로를 열어 주리라
창문을 열어 주리라

"자. 가거라. 너의 가족 기다리는 곳으로..."

근성

비록, 조각난 꿈일지라도
주섬주섬 맞춰야 했다
깊은 명상에 빠질 땐
어찌 뿌듯한 강함을 알까나

이리도 뜨거움은 아직, 청춘일진데
아직, 젊음의 시작일진데

내 손바닥 가려움조차 견디지 못해
닿는 곳마다 비벼대며 깨어나다니
이리도 두텁고 질긴 부위를
찌르고 달아난 그놈, 고수다

언제나 난 그놈의 피해자다
제 아무리 크든 작든 유명하든 아니든
돈 많든 가난하든 건강하든 병약하든 가리지 않고
겁 없이 달려드는 저 불굴의 용기를
죽음을 불사한 저 근성을
밤마다 배워야한다

강육약식 強肉弱食

자리에 누워도
이불속에 들어가기에는 좀 이르다고
그냥 엎드려 몇 자 긁적이는데

오른쪽 발의 안쪽복숭아 뼈 바로 뒤쪽이 살살 가려워온다
왼쪽 발 엄지발가락 발톱으로 쓱쓱 긁었다
그런데 시원치가 않다
또 쓱쓱 긁었다
그래도 시원치가 않다
손가락으로 벅벅 긁었다

그런데 시원하지도 않으며 따갑기만 하다
아… 너무 긁었다
뭐지? 눈으로 확인이 필요했다
어엇! 피 난다

근데, 작년에 긁어 흉이 진 그 자리다
작년의 그 놈이 그랬단 말인가
그 자리의 피 맛을 본 놈이니 잊지 않고

날 찾아와 소리 없이 물었던 건가

벌떡 일어나 살폈다
없다 아무리 둘러봐도 없다
아니지 없는 게 아니라 다만 안 보이는 거다
안보이면 더 무서운 법이다

내가 고, 작은 그 놈. 그 놈의 밥이라니
허헛 참.
어째 작은 놈이라고 무시할 수가 있겠나
그래. 차라리 작을수록 더 무서운 거지

조그만 놈이 큰 놈을 먹고
작은 일이 큰일을 삼키는 거지
작은 것은 큰 것을 먹고 큰 것은 더 큰 것을 먹고
작은 일을 소홀히 하면
큰일은 절로 소홀케 되는 거지

행복한 잊음

사람이 말이지
그런 거 저런 거 어찌
기억 속에다 집어넣어 두는지

참으로 난,
불가사의한 일만 같기만 하다
듣고 보고 듣고 보고는
기억 속에 죄다 보관했다가
필요할 적마다 꺼 집어내어 사용한다는 것
참으로 불가사의한 일인 것이다

들어도 보아도 기억하기만 하던 시절
총명타 했건만
전신마취 몇 번에 나이든 생일 몇 번에
그저 과거와의 연결 고리조차
여러 가닥 끊겨 버린 현실인데

아~
그 총명,

흉내 낼 수 없는 능력에
한없이 부럽고 부럽기만 하다

그래도 위안이라면
차라리 비워져서 편하긴 하다
차라리 멍해져서 행복한 거다
나이 듦은 행복한 거다

복날

올여름은 덥다던데
미리서부터 겁먹어
복날 주눅 든 똥개처럼 헐떡거리고만 있다가
그래도 선선한 밤바람에 긴 날숨 쉬는 밤이었네

그 한 이틀 장맛비 같은 비가
제법 선선한 가을밤 느낌에
올여름 복날은 삼계탕 집, 보신탕집
코로나19에다 선선한 날씨에다
쯧쯧, 종쳤다 했는데

아침에 햇살이 사살 나오더니만
낮부턴 제법이나 더웠는데
허허… 문득 오늘이 초복이라
그래 복 날 그리 될 이유가 없지

복날은 복날다워 덥기만 해야지
그래야 우리주머니 툴툴 털어 상인들에게 돌려줘
슬슬 기고 있는 경기라도 살리지

월촌 이발관

경주 산내를 떠나 대구 온
열네 살 소년이
밥벌이로 시작한 이발사 조수
나이 이십에 인연 된 아내여
키 작고 통통해도 사랑스럽기만 해
2남1녀의 가장이 되어

꿈같은 시절에 문을 연
'월촌 이발관' 이라
하나 둘 숫한 동네 사연 주고받아
기록 되어진 저만치 가득한
기억이 구석구석이네라
어연 35년이나 채워진 이발관
숫한 변화의 세속에도
미동도 않은 그 고집 하나로

아직도 여기 한자리
끝내 지킨 곳 '월촌 이발관'
그저 묵묵히 지켜 온 세월 속에

아이들 속으로 묻혀 버린

인생일지라도

그대 이발사와 함께 사라질

이 시대 마지막 이발관이 되고 말 것 같기만

오...누가 뭐래도 자랑스러운

그 시절의 증인이로니.

연가戀歌

소식 한 번에 마음 설레면
도대체 어찌할 건데

이쪽의 생각과 저쪽의 소리는
같지도 않을 진데

홀로 흔들리기는
바람인가 나뭇가지이련가

말 없는 바람은 지나가고
살랑거리는 가로수 웃음소리만

그래도 홀로 연민은
머무는 행복이여라

낙화연서洛花戀書

날고 싶은데
날아가고 싶은데
바람만 살포시 일기를
내내 기다리는

가고 싶은데
오라는 눈웃음이나
살짝 보여 지기를
내내 기다리는

그러다.
스스로 애태우다가
말라 버리고 마는

그러다.
떨어져 버리고서야
낱낱이 흩어지려고
내내 기다립니다

미련

사이렌 품속에 머물다가
향에 취하고 말에 취한 체
신이 나 맞말 주고받을 제

느닷없이 밀려온 새 물결,
그 잠시의 섞음으로
남도의 향이 그림처럼 흩날리고
세월 속에 묻어져 간 시간

날이 참에 밤은 깊어
주고받은 소리만 두니
달빛 타고 사라진 익은 밤의 흔적
커피 향 만 유유히 남았더라.

* 사이렌Siren : 그리스 신화에 나오는 마녀의 이름으로
　　　　　　 Sarbucks Coffee Korea의 logo

세월유감

1.

송　　해 94　이 순 재 86　엄 앵 란 85　김 영 옥 84　현　　미 83
박 재 란 83　최 불 암 81　사 미 자 81　강 부 자 80　나 문 희 80
김 혜 자 80　반 효 정 79　김 상 희 78　선우용녀 76　조 영 남 76
남 능 미 75　장 미 화 75　윤 복 희 75　남　　진 75　나 훈 아 74
윤 여 정 74　정 영 숙 74　박 원 숙 72　김 수 미 70　고 두 심 70

2.

나의 배터리 소진 량은 몇 퍼센트이며
나의 배터리 잔류 량은 몇 퍼센트인가
한번쯤 점검해 보면 느낌이 다를 진데

한번 충전만 유효할 뿐인 줄 알면서도
더는 충전할 수도 없는 줄 뻔히 알면서도
겹겹이 쌓여진 나는 내가 만든 것임을

오로지 알 때 쯤 깨닫게 되는 것이야
슬프다 원통타 회한에 흐르는 눈물인들
잘난 아들 못난 아들 아무관심 없을 뿐

백수일기

출근 바쁜 청춘이사 밤늦은들
소란이 시작이고
어쩌다 읽고 쓰기조차도 귀찮은 중년重年
모니터, 휴대폰, TV조차 외롭지 않아

잡다한 일들로 쓰러진 듯 무기력해지고
예민하고 소심한 배려는
와상상태의 아내를 향해도
시간은 끼니를 찾고
밥은 쓴 약 먹는 것 마냥 싫다네

무력無力한 소리는 "밥 먹자" 하면
"으째 밥 물라꼬 사는거 같노" 라 하지만
체중계는 제 무게를 완강히 고집하네

내 무력감마저 감염될까 염려에
집중 안 되는 글쓰기는 쓰러지고 쓰러져
백발이 청춘을 밀어내는 거울은
표정 없이 쳐다보기만 한다

아… 이 밤 깊어 가도
긴장할 바 없어 꺼벙해진 눈
그저 영혼 잃은 백수마냥 밤을 태우다
아내 마음이라도 태울 수 있어
어느 날 벌떡 일어서는 날
내 글조차 훨훨 날아 날아가리라

3.
날마다 변민

시작詩作

끝없이 흐르던 생각이 멈추어
무의식의 마술사처럼
온갖 신기한 꿈들을 체험해 가던
그 시간들이 정지해 버리면
맹꽁이처럼 되고 말지만
누군들 버리고 간 그 상념속의 찌꺼기 일지언정
그들의 생각에 들어가면 시어詩語쯤으로 포장되기도 하지

구속 받지 않고 통제 되지 않는 속에서
이탈된 그것 때문인 것을 뻔히 알면서도
다시 그 속으로 뛰어 들게 되면
차마 궁색한 변명이라도
내 뱉어야 하지만
한 푼의 가치도 없는 점잖은 체면 때문이라면
배가 들 고파서이고 한계의 올가미에 걸렸다면
볼 빵빵한 개구리 울음 같은 소리라도
질러, 질러야 하는 것이 아닐는지

아! 어쩌다 떨어진 이삭 같은 단어들이라도 주워 들고

먹다 버리고 간 그 생선 뼈다귀 같은 것일지라도
핥아봐야 하려나
처절한 고통을 느끼고 무료한 괴로움에 자빠져
일어날 줄 몰라 퍼드러져
눈만 껌뻑이는 밤도 맛봐야 하려나

오! 통렬한 절규가 있어 남의 그 처절한 슬픔이
오로지 처연한 아픔으로만 들어 와 앉는
덜된 감성에 분노조차 느끼지 못함을 알아야 하니

따위의 감성쪼가리로 아무 곳일지라도
홀로 긁적거리는 것은
도저히 이해할 수 없을지라도
술 취한 듯 가슴츠레한 눈으로
알아먹지도 못할 예기들을
주저리주저리 내 뱉어 보든가말든가

제발, "열려라 들깨"
제발, "열려라 참깨"

이명耳鳴

여름이 다 갔다는데
아직 내 귀에는 매미 우는소리
메에멤 메에멤 메엠

추석이 다 되어도
내 귀에는 매미 우는소리 끝나지 않았다

개천절엔 매미 우는소리 더 심할 것 같다
한글날에도 매미 우는소리 더 심할 것 같다

올 겨울엔 매미 우는소리 더 심할 것 같다
티브이를 켜도 이곳저곳 매미 우는소리

묵으면 익는 법
이젠 익숙해 졌나보다
다들.

유감遺憾

빗소리 바람소리에
밤늦도록 잠 못 이룬
며칠사이에 여름이 갔다네

귀뚜라미 소리에 연민의 정을 더듬고
추억을 그리워하고
문득 다들 가을이라고

아직은 여름 끝에 서 있건만
아직은 가을이 아니라고 우기는데
세월이 그리도 바쁘든가

매미 우는 소리 여직 귓속에 머물고 있는데
아직 여름에 머물러 있는데
아직 청춘에 머물러 있는데

만종晚鐘

그 추운 동지섣달 새벽, 유달리 아들 속옷 챙겨
따뜻한 전기장판 깔린 이불 속에 넣어놓고는
"야야! 여 있스이 이거 입거래이~"
하시곤 바람같이 유모차 몰고 가게로 나가신 우리엄마

가게에서 손 빠른 아내 "탕탕탕"소리 내며 반찬 할 제,
바쁜 듯 우리엄마 따라 나와 밥상 기다리는 아침
아들이라고 가장家長이라고
꾹꾹 누르고 눌러서 편 밥그릇,

그 밥그릇 받아 숟가락으로 "툭" 치며
"엄마요! 눌러 퍼지마라카이… 에이 참내…"
싱긋 웃으시며 "야야! 마이 무라"
무표정 밥그릇 뒤로하고 바삐 출근한 그날

나 출근 뒤 그때서야 고등학교 다니는 둘째딸과
함께 식사를 하시는 중 갑자기 하품하며
스르륵 뒤로 누우시기에
어리둥절한 둘째딸,

"할매! 할매에 장난 하지 마래이~ 할매!...... "
불렀는데 대답도 소리도 없었다.
그것을 마지막으로 영원히 떠나 가셨다.

고달플 때마다 "지발 나는 역이 내 잘 때 델고 가소 마."
먼저 가신 아버지께 종종 혼잣말 하시더니
기어이 그리도 허무하게 식사중 주무시는 듯 가셨다.
황망했던 사인은 심부전증心不全症이였다.
일흔여덟의 겨울이었다.

그 며칠 뒤 유품정리 하는데
이불장 밑의 주홍색 비단보에 곱게 싸여진
육십년이나 된 서찰書札 한 장 보고는
내 쏟아지는 눈물이 멈추지 않았다.
언젠가 "그거 징기고 있어야 너가부지 만난다" 하시던
그 사성四星이었다.

몇 날이나 고민 끝으로
혼자 산소에 찾아뵙고
아버지와 엄마 묘소 중앙에 무릎 꿇어앉아

천천히 사성을 묻어 드리는데
눈물이 하염없이 쏟아져 내렸다.

"엄마요! 그날 아침 와 그랬능교?
별스럽게 속옷까지 챙겨주고……"
"가시는 날 알기라도 했단 말잉교?
그래서 마지막으로 내 속옷 챙겼능교?"

홀로된 16년 그 외로움, 아~
이 나이 되어서야 겨우, 겨우 느껴 후회하며 슬퍼하니
어스름 오는 길 아스라한 기억의 소리에
눈물은 끝이 없더라.

* 역 : 당신

애착愛着과 집착執着

아직도 생각할 겨를 없건만
아직도 돌아볼 여유 없건만
오로지 그 속에 빠져.. 아직

세월의 흐름도 무시한 채
눈만 뜨면 더듬어 찾고
눈 감아 보내지 못 하고

날마다 밤마다 날마다 밤마다
떼버릴 수 없는 집착 같은
도려낼 수 없는 기억처럼

아직 서지도 못하는 아내보다도
더 쓰러져 누운 네 곁을
떠나지 못하는 이 가여운

구속 하는 게 아니라는데
집착 하는 게 아니라는데
그대 구속 하는가 집착 하는가

그림자 같은 그대와의 관계

도대체 뭐란 말이더냐

나와 아내 그리고 휴대폰

시간의 다리

글 한줌 주물럭거리면 한나절이고
이리저리 오가다보면 하루쯤이라
멍하니 자리해 만감을 즐길라
하루 또한 도둑맞을라...

이제나 저제나 안타까운 시간
붙잡을 재간 없어 답답한 가슴에
물 한 모금에 속이나 좀 안정 되려나
찬 얼음 한입에 속이라도 편 해 지려나

어허라. 바쁜 시간 다리라도 있어라
얼음처럼 얼려 굳게라도 할 수 있어라
오고 가는 바쁜 발길 더뎌지게라도 하게
스쳐가는 세월 꽁꽁 얼어붙게라도 하게

지나면 가깝지

몇 날인지 생각할 필요 없다
날이 새도 알 필요 없다
안으로만 바쁘게 살고 있으니
갈 곳을 잃었으랴 퍼드러져 있었으랴

습관적 잊음은 기억조차 까마득하고
어쩌다 들추고 휘저어 봐도
목적지는 소리가 없다
쉬이 몸 비틀지 못해
터져 버릴 것 같은 날
꿈틀, 꿈틀거리면
어쩌다 행운인거지 어쩌다 갈 곳 찾을까

잡다히 갈 곳, 이름까지 스쳐도
길은 길 따라 밖에 모르고
풀이고 꽃이고 나무이여도
이름조차 모르고 스치고 모르고
아는 것이라야 수련, 대나무
또 모르고, 모르고 배롱나무

스치고, 지나고 왕 벚꽃나무

봄날 한때 만났던 화려했던
왕 벚꽃나무, 꽃 떨어진 왕 벚나무 되어
말 없어 고고하기만
바람조차에 휘둘리고, 시달리고, 비틀리고
깊어도 깊어도
지나 온 봄 간 곳 없고
다가 올 봄 가깝기만 하여라

미도다방

기억 너머에 숨어버린 듯
그 아스라한 추억이 송글송글 매달려 있는
여태 살아 숨 쉬고 있는
전설이 주저리주저리 모여 있는...

아스라한 기억으로 찾았다
살아 있음을 입증하련가
군데군데 모여 머리 맞댄 사람 사람들
사방은 4, 50년의 존재감을 과시라도 하고
그 시절의 주역들 여기저기 있다

미도다방, 마담… 참 오랜만에 접하는 단어,
일흔의 정인숙마담,
그녀의 경륜은 역사다
이곳의 이야기가 눈 속에 담겼다
그럴 수밖에 산문등단,
그럴 수밖에 오랜 이야기가 살아있으니

한때 대구에서 글 꽤나 휘 갈기던 글쟁이

한때 대구에서 좀 그린다던 그림쟁이

그들의 숫한 이야기 다 들어주던 어머니 같은

그들의 온 사연 다 들어주던 누이 같은

그들의 오래고 오랜 친구 같은

그런 사람, 그런 공간

여기는 그들의 고향이다

여기는,

그들 어머니 품속 같은 곳이다

시각의 차이

위에서 보는 세상과
아래에서 보는 세상은 다르다
높은 곳에서 내려다보는 세상과
낮은 곳에서 올려다보는 세상은

그림이 다르다
모양이 다르다
생각이 다르다
모두 다르다

그것도 모르고 우기기는
우기는 나,
너와 다르고
우기는 너는 내가 다르다 우기기만 하고
모두 다르다고 우기기만 하니

날 위의 생

내 좁디좁은 침상에서
뒹굴어 본들 얼마나 편 할진데
반들거리는 눈은 어둠속을 헤집고도
끝내 갈길 못 찾고 헤메이였다

꼼짝 못한 채 누운 아내는
그저 고요 속에 빠진 새색시이건만
찰나의 부러움이
날 부끄럽게 하기만

기어이 이 밤 끝에 선
난, 허공을 쥐어 잡으며
또 다른 날 위로 건너, 건너
건너가고야 만다

오늘이 어제이고 어제가 오늘이나
끝내는 어제를 잃어버리고 말지니
오늘 내 가슴 한편
작은 추억이라도 새겨 볼거나

이동

더는 참을 수 없는 감정인 듯
쳐다보는 눈은 심정을 알린다
눈, 참으로 오랜만에 보는 깊음이다
순하디 순한 눈빛, 그렁그렁한 눈빛이
까만 밤 새벽 샛별같이 빛나는 눈빛으로
그대여 초롱초롱 하여라
나는야 송골송골 하더라

억눌렸던 감정이 튀듯이 뛰쳐나와
도저히 거부할 수 없는 결단은
여기 아닌 이곳의 선택인 것이다
여기에서 바라보던 창이나
이곳에서 쳐다보는 창이나
묵묵히 입을 닫고 있음일랑 똑 같건만

선택은 스스로를 포박하고
자유와 여유조차도 없는 고립일지라도
구속된 행복감은 어찌 알기나 하랴

각인刻印된 기억

오랜 시간을 두고 각인 되어진 상처는
지운다고 없어질까 감춘다고 없어질까

애통한 아픔의 흔적이 깊은 것은
그만큼 비통의 깊이도 큰 것 일진데

어찌 경험 없이, 기억 없는 감정이
시詩란 범주範疇에 들어가기나 할까

때론 그런 아픔이라도 즐겨 아프고 아파
그, 살 같은 기억의 감성마저 빈곤한
혼신의 생명이라도 되고 싶어라

세월의 속도

고요를 가르고 굼벵이 같은 긴 몸뚱어리를
구물구물 거리며 다가오는 것이 짐승이련가
시간 속 머물지 못하는 세월이련가

더딘 세월에 안타까워
턱밑 코밑에 세월을 바르며
세월마저 잘라먹고자 했던
마냥 키득거린 어린 시절 만큼이나
더디게 꿈틀 거리는

먼데서는 천천히 가까이는 빠르게 휙,
잠시의 생각과 긴 기지개 한번에
차창 밖 풍경처럼 휙,
눈앞을 스쳐 지나버리는 듯 아닌 듯

50년이 그렇게 가고
이제 눈물겹게 안타깝기만 한
그런 나이에 와 있기나 한건가보네
모두 다 그러한 것이건만

때마다의 행복감이 없다면
어찌할 거란 말이요
순간마다의 행복감마저 없다면
도대체 어찌할 거란 말이요

물끄러미 만추晩秋

도망가는 꽃의 아름다움과 그 향기를
쫓아 온 계절의 막서리 눈물 같은
마른 잎사귀 촉촉이 젖어들 때면
마지막 바둥바둥 떨다가 끝내는

훌훌 벗어버리던 날들이
또 다른 훌훌 벗음으로 이어져
벌거벗겨 지는 제 집 허물어질라 부산한 까치소리에
한잎 두잎 벗어던지는 은행나무

아, 벗겨지는 비밀의 세계처럼
버티어 온 날들조차 한기 느낄 때
햇살 아래 고물대던 개미들 다들 어디가고
홀로된 나뭇잎들 탈색된 채 갈길 만 바쁘네.

골목길 추억

1.

문득 아스라이 사라져 가는 기억을
찾아 가 보고픈 때
학창 시절 추억이 깃든 골목길로 걸어 가 보면
길은 길.
그 옛 길임엔 틀림없건만

주변은 사라지고 없는
영철이네 집을 찾을 듯
두리번거리면
엉뚱한 건물에 아련한 기억만이
몽실몽실 거리고

아련한 때 마다 꽃 피어 있었건만
봄이던 여름이던 가을이던 겨울이던
지지 않는 소녀의 꽃

그 꽃, 닿으면 지워져 사라져 버릴 듯
바라만 보면 거울 속 얼굴처럼 붉기만 하고

바보처럼 활짝 웃기만 하는 꽃이 있었는데
몇 계절이 지나도 붉기만 하다가
도망가듯 피했던 꽃이여

떨림을 알게 하고 눈마저 동그랗게 한
꽃 같은 소녀가 살던 집
그 옆,
좁은 골목길 이제 온데간데없는데
남아 있는 소리는
지는 꽃처럼 이 세상 떠났다고 해
울컥거리는 속상함에 눈시울 뜨거워
볼 수 없었지만 못 본다는 말이
너무 잔인하고 잔인해
눈물만 글썽 거리네

2.

진즉에 와 그 좁디좁은 골목길
그림만이라도 잡아놓고 묶어 놓기라도 했더라면
보고 싶을 때 그 추억을 소환할 수도 있는데

이미 반쯤 사라져버린 그 조각난 골목이
마냥 그리움에 빠지게 하노라면
그나마 작은 흔적의 딱지라도 있어
어렴풋한 기억을 소환하는 끄나풀이 되어

남은 골목길 일지라도 세상사 끝내 견디어
채 사라지지 않고 꿋꿋이 버텨낸 골목길에
뜨거운 애정을 보내면 떠오르는 이름들

창수, 월일이, 성진이, 기범이...
주진용, 노영주, 전두창, 전성찬, 전명자, 장미화, 장선근,
최수천, 박재안, 박재태, 박귀숙...박귀숙!
아스라한 얼굴들이 골목마다 꿈틀거리고 마네

생각만으로 가슴 설레게 하는
어릴 적 동네 동무들이여
기억을 더듬고 더듬어 걷노라면
하염없이 어린 시절로 뒤돌고 되돌아

나이든 소년은 오늘도 그 골목길을 서성거리며
하나라도 더 본 듯 찾을 듯
기억을 뒤적거리고만 있네

구애

이 팔도 내 맘대로
이 다리도 내 마음대로 움직이고
때론,
세상이 내 생각 속으로 움직이건만

어찌 무게 하나 없는
그대 속에 든 그 마음쯤
어찌 내 마음대로 되지 않는지
나 또한 때론 그 같았으나

다만, 그대 향해 애달픈 마음에
행여 끈 달린 자유일지라도
한번쯤 누려보면 어떨까
행여 되돌아갈지라도

밤의 색깔

잠이 오질 않는 날이면
깊을수록 정신이 맑아지지요

하얀 밤은 태우기 위해 있어도
그들은 자의적 심연의 괴로움을
즐기며 추앙 했다 하더라도

아름다운 시어詩語가 풀풀 날리는 하얀 밤
난 막연한 포로가 되어서도 까맣기만 한 밤
아내는 밤이 다 닳도록 나를 외면하기만

이유 있는 고통의 밤은 하얗고
막연한 밤은 까맣기만 하여도
밤은 언제나,
언제나 홀로인 것입니다

누이 때문에

문득 눈물을 글썽여 지는 날
미칠 것 같이 견딜 수 없는
그런 몸부림 때문도 아닌
채 서지 못하는 아내 때문도 아닌

내 살점을 움켜잡고
뒹굴어 본들 알아 줄이 없는 서운함도
벼루고 벼루어 안부 전한 뒤
되 남은 그 서운함 때문도
날 글썽이게 한 첫사랑 그리움 때문도 아닌,

착하디착한 누이
착해서 어리숙한 누이
그저 오늘이 보이고
그저 내일이 보이고
그저 홀로 삶을 고집 하는 누이

속까지 보이기 때문이냐
속까지 알기 때문이냐.

이사移徙 하는 날

그가 오니 내가 떠나야 하고
내가 가면 그는 떠나야 되니
멈출 수 없다

눈이 온들 어쩔거나
비가 온들 어뗘하랴
버릴 것은 버리고
가질 것은 가지고 가야한다

그래도, 이만함은 간절한
기도 때문 이련가
멈췄다 내리고
쉬었다 뿌려도
바람 한 점 고요 하더라

자리를 달리한
사람들은 웃기에 여염 없고
늘 부러진 살림조차 뒹굴며 있어도
아이는 뛰놀기 바쁘다

후회

작은 시간은 많은 시간보다 귀하니
머무는 행복이 진하긴 할까만

행복은 슬픔보다 아픔보다
언제나 그렇듯 왜 그리도 바쁜지

늘 그렇듯 휙~ 가버리는 아쉬움을
언뜻 느낄 때쯤이면 이미

시간은 저만치 가고 없고
표정 없는 얼굴만 덩그러니 멈춰있네

깊은 생각 속만 바라다보며 지난 저
그림자와 함께 울어야 할지도 모르니

지금 소중한 그림자의 끄트머리라도 잡고
버티고 버텨 늘리기라도 봤으면 좋으련만

수련睡蓮에 빠지다

그대 손등같이 조심스레 보드란
그처럼 조심스런
살결 어디 있으랴
바람에 닳았으랴
먼지에 닳았으랴
저리도 아까운 듯 멀리해야 할 만큼이나

단아한 웃음 살포시 지으며 돌아서던
그 여인 같은 아련함에
눈길 빼앗기어라
온 종일 마음 빼앗기어라

가냘픈 저 기상 저 잎 하나로
하늘마저 들어 올려 보듬을 량이면
내 마음 가득 담아도 부족 하지 않으리
은근한 그리움 하나 가득 담아도 부족하지 않으리

4.

사라진 고향

후회의 눈물

1.

치유의 과정에는 아픔이 있어야 하고
슬픔을 알아야 기쁨 또한 느끼지요
비로소 아버지가 되어
아버지의 마음을 알아 느껴져

어제의 때 늦은 눈물쯤
지난 날 기억의
아쉬운 미련 때문이고
미련은 한없는 후회만 따르네

이제와 어쩌란 말이냐
도대체 어쩌란 말이냐
눈물만 하염없이 흐른다
허걱허걱 숨 막히는 소리
멈추질 않는다

아! 아버지, 어머니
용서 하소서. 불효자를 용서 하소서 부디,

2.

시간이 지난 어느 날
나는 아버지가 되고
아버지는 할아버지가 되고
나도 할아버지가 되고
아버지가 되어서야 아버지를 알고
할아버지가 되어서야 할아버지를 봅니다

빈 하늘 까맣게 보이는 그런 날
때늦은 눈물쯤은 지난 기억의 아쉬움이고
때늦은 미련은 벙어리가 되어 후회하며
힘없이 그림자처럼 따라 옵니다
뒤 돌아 보는 세월은 말 합니다
이제 와서 어쩔 거란 말인가
도대체 어쩔 거란 말인가

눈물만 하염없이 흐릅니다
허걱허걱 숨 막히는 울음소리
멈추질 않습니다
아!

아버지, 어머니 용서하소서.
돌아봐도 소리쳐도 들어줄 이 없는
세월의 언덕에 서서
흘려 뱉는 소리
아…… 아버지, 어……어머니! 용서 하소서
불효자를 용서 하소서 부디,

이브의 눈물

종일 바쁜 사람들의 마른 울음소리
그리도 길고 길게 울어 대더니만
간밤에는
가래 끓는 소리,
탈곡기 멈추는 소리,
비행기 이륙소리 같은 소음 하나들
휙, 던지고는 재빠르게도 달아만 니고
저들이 달아나는 건 이브의 살아 있는
펄쩍거림 때문인가 두려움 때문인가

그렇게 소란스러운 하루들이
그렇게 귀를 후벼 파고 있어도
이브는 고고히 잠들어 있다
자세하나 흐트러짐 없이 잠들어 있다
인형인 듯 멈춰 있다

그 혼란스러운 소음에 꿈쩍 없이 버티던 이브가
슬쩍 훔쳐보듯 더듬는 눈길 소리에
슬며시 뜬 눈이 슬쩍 보였다

눈 뜨나 감으나 꼼짝 못하는 잠결이지만
속 동작 이사 밤새 저절로 될지니 어이 쉽 있으랴

그제야 이브를 더듬기 시작 한다
어젯밤 착한 이브의 솜털 같은 나뭇잎 한 장이 묵직하다
나뭇잎 무게만큼의 기쁨으로 또 하루를 지키는 것이다

이브여 어서 일어 날 지어다
동으로, 동으로 가야함이라

그대 이브는 안녕 하십니까

많은 것이 떠나고 다시 오고
다시 와도 또 떠나고 마는데
돌고 도는 것들을 보면
지구가 태양이 아닌 게지
태양이 지구를 도는 게지

태양이 내 곁을 떠나니
시간이 조금씩 내 곁을 떠나고
다시 태양이 돌아오고
태양은 시간을 흘리고, 흘리고
흘려진 시간들 쌓이고 쌓여
세월이 되고 추억이 되고

생명이 나고. 자라고. 죽고.
또 새 생명이 죽고. 나고. 자라고.
그렇게 스치며 지나고

만나고 떠나고 있다가 사라지고
오호,

다 떠나고 떠나건만
이브는 나의 곁을 지키고
난, 이브를 지키고 있다
어둔 밤 이불 밑,
슬며시 손 잡아본다

잠든 아내를 바라보며

때론 표정만 있고
말은 없었다
때론 미움이 있었고
배려는 없었다
그래도 묵묵히 살아왔다.

어느 날
아픔이 쏟아져
별 마저도 떨어지고
멍해지는 날
하염없는 눈물은 그 끝도 모르고
그냥 하염없기만 하더라.

뇌출혈, 피할 수 없는 슬픈 현실에
그제야 마음속 홀로 고백하며
두 뺨 쓰다듬어 미안하다는 한마디
두 뺨 쓰다듬어 사랑한다는 한마디

지난 시간들의 아쉬움

쌓이고 쌓여진 안타까움
가슴에 쏟아져 내리는 날이어라

아!
망각되고만 흔적, 찾을 길 없어라
아……
망실되고만 기회, 다시는 찾을 길 없어라

어떤 날

가슴 떨리게 만나
하룬들 길고 길어
사랑하고 입 맞추고 껴안고
헤어짐이 안타깝고 싫고 미칠 듯 싫어
같은 자리 함께 살기로
언약하여 합친 나날이

때때론,
아프고 슬프고 즐겁고 기쁘고
그렇게 정으로 산 나날들
되돌아보면 가슴 싸~해지는 나날들
힘들었고 고생 많았고
아프게 했고 속상하게도 했고
뒤 돌아 보면 어찌나 미안한지
홀로 가슴 쓸어내리기만

미안하다 미안해
만나 언약한 처음의 약속들
하나하나 기억해 내고

제대로 행하지 못해 못내 미안한 마음
헤아릴 수가 없기만 하니

오늘 같이 기쁜 그대의 날
진심을 담아 용서구하고
더불어 촛불 훤히 밝혀 노래 불러보네

"당신 생일을 축하해."
"그라고, 사랑한데이……"

결혼기념일

하나둘셋넷다섯! 그렇게 세는 놀이에
아이들은 그리움으로 변하고
뒤돌아 선 술래 가까이
추억은 한발 두발 다가 와
놀이하듯 지난 시간 아이들이 가고
간 시간이 모이고 모여
세월은 늙어만 가고 낡았네.

언뜻, 되돌아보면 아이는 간 곳 없기만 하고
빈자리 늙은 세월만 우두커니 그렇게 서 있고
이리도 많이 지나온 나이테만큼
돌이켜 본 시간을 하나 둘 세어 보면
어디선가 예고 없이 튀 오르는 소리가 있어

"우리 참 많이도 변했다. 아니 많이도 늙었네."
서른다섯의 촛불 아래 몇 번이나 쓰고 지우다
남은 엽서 한 장에 담긴 짧은 글
나지막한 소리로 읽어 보노라면

"여보, 이 세월동안 나와 함께하며 딸 넷을 낳고
그 힘든 시간도 참고, 아픔도 슬픔도 분노도 절망도
다 참고... 또 참고 살아 온 당신, 고맙소!
어쩌다 뇌출혈로 재활중이지만 당신은 누가 뭐라 해도
내게는 영원한 기쁨이요. 영원한 사랑이요.
힘든 세월 나와 살아줘 고맙소
당신 곁에는 언제나 내가 있소"

"당신을 사랑하오"

괴물

내 초등학교 시절의 고향은
경남 합천군 율곡면 항곡리172
내 중학교 때 고향은
대구시 내당동1172번지라
그러다 고등학생 땐
대구시 대명동으로 바뀌는 듯
끝내는 대구시 남산동2934

어쩌다 내 고향이
행정구역변경으로 몇 번이나 이름 바꾸더니
급기야 이젠 사라져 버리고 없다
오랜만에 찾은 내 고향이 사라지고 없다

어처구니없이 사진 한 장 못 챙긴 내 고향,
아 그리운 내 고향집
아~
괴물이 모조리 삼켜 버렸다

사라진 고향

빼앗긴 보금자릴
내 놓으라고 갸르륵 갸르륵

힘없는 개구리 집터 밭 터 놀이터
다 밀어 내고 들어선
거대한 괴물들만 덩그러니 서 있고
밀리고 밀려 사라진 듯 밀려
부모형제 다 흩어지고

빼앗긴 고향 잃어버린 고향
내 놓으라 서럽고 서럽게 갸르륵 갸르륵
오늘밤도 소릴 내는 갸르륵 갸르륵
개굴 울음소리

통성通聲

특별한 새벽,
딱 1시간15분만이다
내 작은 창을 통하여 먼 세상을 본거다
어제를 본 것이다
아마 빨려 들었다
아니다 차라리 그 속으로
파고들었음이 맛다

소리도 없이 눈물이 흘러내렸다
알 수가 없다
알 수 없는 일이다

긴 시간 번민의 긴 시간이 있었을지라도
오늘에야 소리에 힘이 있었던 거다
8년 8개월 7일째,
헤매다 온 시간이
결실을 맺음이다

계획 속에 살아 있었던 건가

소리를 얻은 거다
말을 알았음이다

소리야 네 힘 있을지라
영원히

존재의 가치

몸부림의 자유가 허락된 밤을
망각의 습독으로 몸부림 친 거다

팔다리 끝의 감촉도 허전했고
여자. 그 존재의 수색에
이불을 더듬었다

1년 6개월 이틀 동안의 허전한 느낌이요
손가락 끝에 바람이요
570번의 초조함이요

벌떡! 일어나 살폈건만 그,
아무도 없다 혼자다
외로운 소리,
지난밤 대나무밭 챠르르 거리는 잎의 떨림 들이
내 머릿속 까지나 밀고 들어온 이아침

내 여자의 존재가 어찌나
소중한지 감사함만 천 번이나 가득 하더라

특별 새벽기도

마지막 날 애초 어설픈 다짐일지라도
도전은 있어야 마음이 모이고
말함 없이 해 보고자 함이 꼭지에 가까우니
여자만 알고,
살포시 도전 해 보는 그 마음

두 번 살고 세 번은 죽어 버렸나 놓아 버렸나
기어이, 마지막마저도 체념으로 실없이 웃고
나는 나를 비웃는 웃음인가

No.1과 No.2는 합쳐봐야 40%뿐인 것을
내 인색한 40%로 한 방향 갈구함은 욕심이지요
자신조차도 모른 채 얻기만을 원함은
그를 도적이라는 건가

나를 죽여야 내 깊은 속 도적을 죽여야 되는 법
그래야 내가 사는 것 인가요
시작은 시작만큼의 발전이라고
그 끄트머리라도 부여잡고 가봐야겠습니다

가면 간만큼의 가까움이 남는 것이니

올해는,
올해는 붙잡고 말려고요
기어이 내가 그가 되고
그가 내속에 있을 것입니다. 아멘.

응답

날마다 고치고 또 고치고 하건만
내 맘속 들어오는 놈 없으니
때 마다 나락으로 떨어지는
이, 이 절망감으로
또 가을을 맞으랴
또 겨울은
겨울은 홀로이더냐
아니, 차가움이다
뜨거움이다
외로움이다
행복감이다

깊은 날에 오구라 들다, 들다가
끝내 따스함 속에 숨어
창밖 쳐다보는
늘품 없는 안락감의 시간이
또 이어지고
아내는 날마다 몸부림쳐도 아직 떨고 있기만
긴 세월의 바램이라면

'송년 끝날 밤 함께하는 아내 되게 해 주소서'뿐
간구마저 듣기지 않는 12월이 설마 또,
갈구에 응답 없을라치면 내 속에 있는
그 정겨움, 애절함, 서러움, 외로움, 사랑까지 다
그런 놈, 저런 놈 하나라도 제대로 된 놈
하나 건지고 싶어라

그놈 앞세워 장원급제 같은 거 한번 해 보고 싶어라
자유로운 내 영혼이듯
펄쩍펄쩍 뛰는 내 가슴 이듯
가슴 심쿵 할 그런 멋진 놈 하나 건지고 싶어라
만인이 감동하는 그런 글다운 글 같은 놈
하나 건지고 싶어라
이해가 다 가기 전에

임재

수십 수백 수천 아니 더 많이
목이 터져라 부르고 불러 봤습니다
날마다 간절히 찾고 또 찾아보고
또 밝음이 오면 구하고 또 구하고

아직은 나 지은 죄 많은 탓 이련가
아직은 믿음의 부족 때문 이련가
딱 한 번, 단한번의 만남일지라도
원하고 원하는 맘이 잘못이렵니까

결코 들을 수 있고 결국 만날 수 있다는
10년의 적막이 믿음의 바탕이 되어
한마음 속에서 잠시 몸부림치는 이유는
내 안의 미혹이 채 사라지지 않은 이유이겠지요

원 하옵건데…
궂은 날 맑은 날 낮이든 밤이든
부디, 성령이여
내게 임 하소서

중보기도中保祈禱

기도의 용사는 아프다
아픔은 기쁜 일
결국,
기도 때문이지

저쪽 기도가
진솔한 짝이 되진 못할지라도
아픔은 기쁘고
기쁨은 아픈 일인 것을

기쁨속의 아픔이 있다는 것
그것이 평안이라는 것을
그곳의 시작은 기도이기 때문이지
그곳의 기도는 새벽을 울리기 때문이지

이곳의 시작은 기도다
이곳의 새벽도
울며, 부르며‥
소리쳐 보는

그 절절함 소리를
따라 부르는 날이면
'어머니의 기도' 소리가 들리고야 마는 것이다
지구 반대편 소리가 들리고야 마는 것이다

믿음

다가올 일은 아무도 모르는 거지
보이지 않음이 보임보다
낯설고 두려운 거지

자신 있는 상상에 시간만 덧붙으면
행복을 얻을 수 있지만
보지 못하고 행하지 못함은
어색하고 낯설지만

믿음이란 열쇠를 찾으면
묘한 감미로움, 아름다움과 행복을
느끼게 되는 거지

시간을 열쇠로 한 믿음이야 말로
행복의 출발점인 것을
뻔히 알면서도
답을 뻔히 알면서도

행복한 때

2018년10월 28일 일요일,
아내가 뇌출혈로 쓰러진지
열하루가 되어서야
정리 차 가게에 겨우 가 볼 수가 있었다
빈 가게는 홀로 아무 말 못하고
침울해 져 있지만
내겐 이 구석 저 구석
아내의 모습이 스쳤다
스침의 순간순간 슬픔은
소나기처럼 쏟아져 내렸다.
가슴을 칼에 베이는 듯 그 서늘함에
가지 않아도 될 화장실을
가면서 펑펑 울기만 했는데
뒤 따르는 복도는 영문도 모른 채 따라 울더라

이제 당신과 올 수도 없고
오지 않을 곳이 되고야 만,
여기서 이야기 하고,
때론 싸우고, 밥 먹고, 욕먹고…

돈, 돈으로 고민하고 돈으로 다투고
돈으로 웃고 했는데
그런 일상의 이야기 흔적 하나 없고

방전放電 된 휴대폰만
내 팽개쳐 있기만 하네
빈 시간이면 즐겨 고스톱 치던
휴대폰이 당신처럼 말없이 쓰러져 있다
고여 있는 슬픔이 또 쏟아져 나온다

아! 제발, 제발, 제발…
일어나 또 다투고 싸우자
어서 일어나 또 다투고 싸우자
돈, 돈으로 고민해 보자
돈으로 다투고 돈으로 웃어보자
그것이 그립다

아~
알고 보면 그때가 행복했었던 것을
꼭, 지나봐야 안다니까

포석布石

산을 넘고 강을 건너는
시늉 속에서의 나날들이
그저 매일의 희락喜樂에 의존하는
저급한 인생인 것을

살며시 조심스럽게 내민 그 손에
매달리어 온 길이
어느새 믿음의 한계를 짊어진
모습으로 이렇게 서게 된 것이

우연이란 말은 진실이 아닌 것
이 모든,
계획된 뜻임을 진즉에 알아,
날개 없는 민들레 씨앗처럼 널리 널리 퍼져나가리라

김연대님 시집, 성경환님 서현, 양기영님 남산, 장진규님 시집,
이향숙시인님.. 한 사람 한사람 그 발걸음의 이음이
흐름 되어 결코 우연이 아니었음을 이제는 확실히
입증되고 있다고 조심操心히 단언해 봅니다.

무제無題 .

올 겨우내 기다렸답니다.
어느 추운날 밤
소리 없이 찾아와 문밖에 모습을 들이 내민
당신 모습에 난, 작은 감탄을 했지요

이제, 찬 내 나이에도
어쩌다 당신이 오는 날이면
반기는 표정 감추지 못해
얼굴 붉혔답니다.

어쩌다 가끔 비오는 날이면
어설피 찾아오곤 했던 당신이기에
그대 떠난 오랜 시일에
그리워 그리워하다
아련한 하늘 한번 쳐다봅니다.

이 겨울 지나도
꼭 한 번 더 오면 좋으련만
언젠가 겨울 끝자락에 왔듯이

설렌 아이처럼

어두운 하늘 쳐다보며

밤이 깊도록 기다려 봅니다.

온 세상 하얗게

온 마음 하얗게

기다려 봅니다

그리고 더불어

1.

성원/병택/창호/면호/재철/우철/헌철/구정/정수/갑수/경규/만조/명섭/봉구/성길/성훈/수용/순련/영준/요섭/용운/우종/익수/재국/재두/정학/종국/주찬/진욱/천환/종우/호상/경수/상덕/기용/도순/명수/민수/배근/배훈/성수/성용/성환/원달/의정/준호/진영/순오/혜근/경환/유안/근식/장식/태주/ 철 /길수/면중/상영/용수/원석/재희/종만/동수/재석/재은/종국/준고/창희/순암/은섭/기영/연철/원우/일권/재호/종복/동혁/성권/영식/영욱/원용/경제/승수/도준/신애/일수/진철/귀염/미경/시걸/연대/영춘/정규/종화/진학/창식/치홍/동면/태식/영민/*강원중*/정남/명곤/은철/윤경/은숙/인희/*중구*/복남/수복/재영/윤석/철규/성복/영달/*金圭煥*/병욱/*金秀洋*/외영/정환/*金鎭東*/철수/학열/명기/무상/상석/성희/진수/대용/명식/창수/영일/용묵/호진/해영/상호/근두/동희/무룡/상배/재필/길순/일국/갑식/백영/상철/영진/병택/재섭/준호/호익/해성/종식/대일/병구/상오/상용/성송/재완/창봉/성관/성기/성희/건창/선태/*黃永旭*/*이점돌*/창규/*정윤선*/재호/신일/*박대우*/춘기/경옥/미경/상철/수영/찬종/소진/희영/윤석/혜령/길훈/인홍/순이/순희/정만/정구/정숙/정웅/정자/종기/*이영해*/성훈/용암/재준/창규/승영/재대/창호/춘대/진환/신기/성고/창구/일호/재호/경슨/경옥/영희/*손용만*/칠익/만수/명숙/상진/효진/주열/경수/경아/기영/미영/혁인/정호/*양영호*/연대/중구/인모/외식/익태/해용/인식/남곤/광열/대진/기영/병덕/강민/강우/*이향동*/*이판석*/*변선이*/*이우련*/정련/동열/동헌/만조/문석/복순/상조/재욱/은정/서윤/서준/성곤/성무/성석/숙자/영석/운석/원조/은아/이재/인순/인재/*박외점*/*박동원*/하영/현숙/호정/광시/지현/혜숙/은숙/남순/용진/일호/기태/순업/철진/미경/순곤/영완/한우/명일/태복/강수/동민/승일/경보/상근/종선/종환/경식/근욱/성순/재기/형수/기창/기태/준욱/현임/영섭/세출/혁국/판섭/연평/지현/혜리/철한/외기/금숙/진규/선의/ 원/승남/영이/종규/선아/덕순/은정/영숙/명길/한우/*박귀숙*/용중/영철/*박재환*/재태/남이

2.

얼마 되지도 않는...
몇 개의 기억은 쓰러져 누워 있어도
그나마 남은 시간 함께할 동반자들은
기억의 소자에 자리하고 있고

나 또한 누군가의 기억소자에 있다 하더라도
이미 누워 있거나 사라졌거나
마냥 어느 날 누웠다 사라지는 것처럼
인생이 다 그러한 것임을

뻔한 몸부림으로 발버둥 쳐본다 해도
서로 무소식 무관심으로 굳어 가다가
마냥 감각마저 차차 없어져 가는
아우성 없는 각자의 인생인 것을

간

깊은 밤 가슴 두근거리며
어둠 속에서 서서히 그 모습
스멀스멀 노출 하는 듯

수많은 시간 속에서 홀로
꿈틀, 꿈틀거리다 기어이
비집고 내미는 모습에 흐뭇함 없은
저 다정한 손놀림이 애써 조심스럽기만

아직 떨리는 첫 감정, 그때의 그 살 떨림에
입술 바짝 마른 순간처럼
세상이 그렇게도 황홀하게 보이던
그 순간 기억을,

세상이 그토록 행복하기만 했던 그 기억이
여기 재연되듯 꿈틀 거립니다
어쩌면 떨리고
어쩌면 두렵고
어쩌면 기쁘고

그런 오르고 내린 한계에 부딪쳐 숨 막힌
아! 차라리 뒤돌아 가 버리고픈
그 아찔함 여기 숨어있습니다
여기 또 다른 사랑 하나 간께.

이브의 눈물

발 행 | 2020년 12월 03일
저 자 | 이성두
펴낸이 | 한건희
펴낸곳 | 주식회사 부크크
출판사등록 | 2014.07.15.(제2014-16호)
주 소 | 서울특별시 금천구 가산디지털1로 119 SK트윈타워 A동 305호
전 화 | 1670-8316
이메일 | info@bookk.co.kr

ISBN | 979-11-372-2563-3

www.bookk.co.kr